KB176741

수레바퀴 된 몽당연필

김 정 현 시집

동산문학사

알리는 글

나는 시인이 아닙니다.
아궁이 장작이 타는 소리에 깨어
학교에 가던 촌놈입니다.

청년기에 객지에 나가
회사 생활을 하다가
어느덧 돌아올 시간이 되어 온
귀촌인입니다.

나는 온 우주의 만물과
창조된 역사
모든 것들을 건드리지 않고
다만 내가 그 속에 있기에
나의 느낌을
찾는 이에게 나누는 역할을
하겠습니다.

순수함을 벗어나지 않는
글 쓰는 바보가 되겠습니다.

2022.1.

알리는 글‥3

제1부 담양 나무 이야기

제2부 어쩌란 말이오

제3부 행복인가 고민인가

제4부 오랜만에 잡은 펜

제5부 엄마의 마음

제1부

담양 나무 이야기

담양 나무 이야기

차갑지?
널 만지면…… 성질머리하곤
울다가 뚝 그치지 널 보면은
울 아부지 생각나 자꾸

여름엔 왜 그리 시원한지
늦봄에 태어나
한여름 다 커버린 모습이
무엇이 그리도 급하시나

겹겹이 신고 입고
보송보송 죽순 애기
솜털이나 금방 꺾일 듯
푸른색들이 나풀거리지

여름 장마에
세찬 바람에 꺾이지 않은
키 큰 아저씨
태어날 때 그대로
변함없이 단단한
곧은 대밭 아저씨.

장날

마수걸이 좀 혀줘
어디가믄 더 좋은 놈 있간디?
음마
마수니께 깎어줘야제
한번 돌아봐야제
지난 장에는 없드만 오늘 나왔네?
자꾸 아퍼싼게 죽겠어

할아부지는 어쩌고 혼자여?
다리 아퍼서 못 나와
막걸리 받아놨으니
묵고 자겄제

지금도 한방에서 자?
음마, 별소리 다 허네
그럼 지키고 있어야제

도라지나 사 갔고가 잔소리하지 말고
닷새 만에 나온 게 다 보고 잡네
순대에 소주 한잔?
다방에도 들러야제
요새는 쌍화차 한 잔에 얼만가 모르겠네.

순수

돌담 밑 구부러진 어린 쑥
돌담 위엔 호박 덩굴
지붕 위에 한가득 핀
하얀 박꽃
이웃집 할머니 모습

여름에 고무신
겨울엔 검은 털신
밭매는 어머니 모습 그립고

살구나무 연분홍
봄이 오면
텃밭을 갈까
리어카부터 고칠까
홀쭉해진 바퀴
바람도 넣어야지

봉곳이 오른 살구나무
터질 듯한 소녀 볼때기
양지바른 진달래
누가 먼저 피어오를까

봄은 누굴 좋아할까
나는 무엇을 기다리고 있을까
숨죽이고 있음
그들이 알까?

내려온 전통

부글부글 술이 괴네
도가에서
소리가 나네
익어 가는 소리
누룩이 이제
제 할 일을 하는구만

휘저어 천에 거르니
아 그래서 먹걸리구만

전통은 무시 못 하는 것이제
편의점에서 마셔봐
간단하고 편하지

시골 동네 전방에서 마셔봐
동네 이름
도가 이름
전통까지 알고 마셔야 돼

딱히 알고 싶지 않지만
쌀, 보리, 옥수수, 밀 ……

근데 딱 한 가지 비법은
말 안 해준다네
그 집 딸한테 장가들면 혹 모르지.

내가 알고 있는 대나무 이야기

맹종죽, 왕대, 분죽, 오죽……
담양 이야기야

우리 집엔 분죽이었어
사탕, 과자
그리고 액세서리를 넣을 수 있는
여러 겹 바구니였어

장날이면 니스칠해 천변 바구니 시장에
할머니께서 팔러 가셨지
산 아래 냇가 물 흐르고
근처엔 국밥집, 국숫집이 많았어
그 당시 시장 규모는 엄청 컸지

오일장이야
꼬박 대를 쪼개고 만들어
아버님 어머님
그리고 이웃들까지
어쩌면 농사보다
경제적인 면에서 훨씬 괜찮았어

동네마다 특색이 있어 바구니 형태도 다르고
쓰임새도 다 달랐지
이웃 동네에서 만든 큰 바구니는 실용으로 쓰이고
작고 아담한 바구니는
일본으로 수출되었어

홀쩍 시간이 흘러 내가 성년이 될 무렵
급격히 바구니 시장이 침체되기 시작했어
플라스틱 제품이 쏟아져 나오며
대나무 시장은
점차 사라지기 시작했지

시장이 끝나면
국수를 사주시던 할머니 그립습니다
그 맛은 지금도 잊지 못할 겁니다
지금 국수거리가
담양 천변 둑길에 있지요
정말 맛있는 국수랍니다.

둘레길

굽이굽이 둘레길
무릎 아픈 할머니
쉬엄쉬엄 가소서

양쪽에 가로수
꽃길 위에 우뚝 서
추운 날엔 바람막이
더운 날엔 그늘 되누나

운동하는 아저씨
새들 뒤따르며 노래 부르고
여인들 조잘조잘
사진 찍으며

"꽃밭에 들어가지 마세요"
아랑곳없이
꼬마는 들어가 휘젓고
엄마는 뒤쫓아
그 아이 엉덩이 혼낸다

우리 마을 둘레길
산소 같은 길.

가까이 있는 것들

감나무의 까치는
소식 전해오고
편지요!
때마침 우체부 아저씨
오토바이 소리가

깜깜한 밤
대나무밭 어딘가에
부엉이는 울어댈까
왜 그리 슬퍼 보일까

일하느라 잔뜩 웅크린
고양이는
밤새 야옹거리고
닭장 속은 고요하기만 하다

소쩍새는 노래 부르고
까치는 소식 전하고
부엉이는 슬피 울어대고
강아지는 꼬리치며 노는데
각자 무엇을 얻으며
그렇게 열심히 살까?

어떻게 하니

비 오는 날
우산을 쓰지
아니야
우리 고향에선 비옷을 입어

겨울 찬 바람 불면
외투 깃을 세우지
아니야
우리 고향에선
문풍지를 새로 달아

눈이 오면
소금물을 뿌리지
아니야
우리 고향에선
마당을 쓸고
오솔길에 추억의 발자욱을 남기지

술 마시러
어디로 가나
왁자지껄 시끄럽지

아니야
우리 고향에선
마을 구판장에 가
늘 안주는 공짜야
미안하면
천 원짜리 두부 한모 시켜
먹다 남음
아주머니께서 남은 두부로
김치찌개 끓여줘
먹다 보면 아침에도 구판장이야.

자연을 맛보면

자연을 느끼는 서로 다른
맛과 느낌은
어떻게 알까

자연의 맛은 누가 만들까
햇살과 구름과 비
맑은 공기와 거짓 없는 흙

아무도 손대지 않은
때 묻지 않은 것이
아름다운 맛일까

야금야금
도심의 맛을 느끼며
서로가 자기 거라 우길 때

만드는 사람
맛을 파는 사람
자연과 도심의 맛은
농부와 조미료일까
진심과 정성일까?

유월 장마

옥상 물샐라
우산이 필요 없다
포대 자루 모래 채워라
지하창고 물 찰라

시골이 걱정이다
강물이 바다 되어
기러기 날고
파릇파릇
상추며 열무, 쑥갓
짓뭉개져 버리고

어디가 내 땅인지
수로에 빠질라
할매는 울고 다니고

삽은 왜 들고 가
뭔 필요가 있다고
물 빠지면 포클레인 불러야지
살다 살다 첨 봐
여그서 비 더 와불면
아무것도 못 건져.

정월대보름

지구를 고이 품은 보름달
한밤을 달구리 담아
해넘이까지 끌고 갈 때

둥근 달 아래
펄펄 끓어대는
안개처럼 자욱하게
피어난 연기를 보면
귀신도 얼씬 못할
오곡밥 시루가

뭉게뭉게
피어오름이
머지않아 찾아올
흡사 아지랑이여라

볏단에 불붙이고
나이만큼 뛰어넘고

당산나무 하얀 띠 두르고
동네 사람 안녕을 빌고

어르신들 말씀하시길
오늘 밤에는 잠자면
눈썹이 하얘진다네.

시골이라

한 시간이 지나도
오지 않으면
내 꿈 꾸느라 늦잠을 잤겠지

두 시간이 지나도
오지 않으면
산길 넘다
차가 고장 났겠지

한나절이 지나도
오지 않으면
전화기 만지작거리며
괜시리 길모퉁이 저 멀리만

한동안 내 자신을
뒤돌아보며
나는 지금 시골에 있음을 실감한다

도심에선
정작 할 일이 없어도
거리거리 돌아다녀도

시골에선
꼭 누가 올 것 같은
기다림을 연상케 한다.

조그만 암자

절간 풍경소리
오랜 세월 일깨우고
스님 목탁 소리
대웅전 아침을 연다

돌계단 올라
나란히 벗어놓은
하얀 고무신
향불 앞에 합장하고
수심을 털어낸다

우뚝 선 사대천왕
연못에 그림자 드리우고
진한 향나무
우람한 팽나무
중생들 맞이하고

우뚝 선 기암괴석들
절간을 내려보고
죄지으면 돌이 되리라
욕심 많으면

눈먼 고목이 되리라
깨우침은 오롯이
참회한 중생이어라.

아카시아 향기

나무에 가시가 있어
가까이 가지 않아도
몸에 향기가 밴다

꽃이 만발해
땅에 닿을 듯
드리운 꽃 한 송이
포도송이 같이 탐스런
굳이 따지 않아도
코를 가까이할 수 없어
마음껏 향기를 얻는다

혹여 바람에
내 어깨 꽃 한 송이 걸터앉아도
나는 향기에 취해
자리를 떠나지 못한다

비록 꽃이 진다 해도
그 향기는 땅속에 배이고
아름다움은 산속에 스며
언제고 지난들
아쉽지 않을 것 같아.

봄꽃

일찍 피었다고
찬바람은 그렇게 시샘을 한다

해가 좋아 따사로이
몰래 피어버린 개나리

돌로 쌓은 담장 아래
노랗게 핀 개나리

돌 틈 사이로
휘몰아치는
꽃샘추위가 가져온 바람이
꽃잎을 떨구고
몸을 움츠리게 한다

봄은 왜 많은 깃을 잉태하여
서로를 아프게 할까
이제 막 깨어난
병아리는 알고 있을까

한 사나흘 후
동산에 진달래도 필 텐데.

초봄

꼭 움켜쥐고
놔주지 않을 것 같은

겨울은
살포시 조금 내어준다

버들강아지
대롱대롱 바람에 떨고
스멀스멀 올라오는
소담스러운 봄기운

묻지 않아도 대답하고
부르지 않아도
살포시 나오지

왠지 시작할 일들이
많을 것 같은 새봄

사계절 중
봄은 늘 생기가 돌고
정겹게 느껴지는 것은

만물이
깨어나기 때문이겠지

장작불 매어놓은
행랑채에
늘 손님이 가득할 것 같은.

섬진강

산에는
봄을 털고 피어난
꽃들이 내주고 간 매실들이
손 내밀면 한 아름
주렁주렁 땅에 닿을 듯

산 아래 굽이 돌아서
강가에 가면
맑은 물속 꼬리치며
물결 따라 오르는
은어가 보인다

섬진강 변
금빛 모래밭에
신발 벗어들고
약간 시리운 물속에
재첩을 하나둘

지워지지 않는
발자욱을 남기고 싶은
여기가
하동이구나.

앵두를 지켜라

잎사귀에 가려진
몇 개 남지 않은
앵두는 먹지 마세요

봄에 꽃이 피어
수줍게 바람에 떨고 있을 때
파란 잎사귀가 지켜주고
가끔 벌 나비가
찾아와 놀고 갔지요

파랗게 열매가 맺어도
새가 날아들어도
잎사귀에 숨은 앵두는
여름 햇살에
영롱한 색을 띠며
연신 몸을 조아려
잎 속에 숨어 있지요

비바람에 못 이겨
떨어진 앵두를 물어간 새는
또다시 먼 곳에
씨를 뿌리겠지요.

올봄엔

올봄엔
제비 오려나
강남 흥부
소식 물고 오지

지난봄엔
어디 가고 안 왔을까

제비야
돌아가신 어머니의 빈자리
네가 와서 채워주렴

햇빛 잠든 처마 밑
예쁘게 집을 짓고
낳은 알 부화시켜
새끼 몰고 가을 강남길 때
그쪽 흥부한테
작년 겨울
어머니 하늘나라 가셨다고
전하렴

이젠 눈물도 멈추고

다시 올 너희를 기다릴게
흥부도 같이 오면 좋겠다
놀부한테는 말하지 마.

얼어 죽어

잠깐 기다려
아직은 안돼

비밀인데
아직 오고 있는 중이야

개나리
넌 항상 빨리 피려 하더라
그러다가
너 얼어 죽어
꽃샘추위도 남았잖아

봄은 가끔 우릴 속인다
복사꽃도 곧 필 것 같은데
큰코다쳐
한낮 햇살만 믿다가는

잠깐 기다려봐
내가 물어볼게
봄의 전령사한테

입춘이 지났건만

따스한 봄은
언제 오나 하고
피우고 싶은
꽃들에게 알려달라고.

밤에 피는 꽃

꽃은 밤을 싫어하지
자기 아름다운 모습이
보이지 않으니까

바람도 미워해
향기를 빼앗아가잖아

하지만
널 지켜주는 따스한 햇볕이 있잖아
맛있게 뽀뽀하는
벌들이 있고
꽃술을 지켜주는
나비도 있지

싫어하는 것들은 순간이고
너의 아름다움은
절대 짧지 않다
사람들 눈과 마음속에
오래오래 피어있잖아.

갈참나무

다람쥐가 보고 있지
청설모도 있어
가마솥 불 때는 할머니
아랫목에 할아버지
밥 묻어났지

주워온 도토리는
언제 껍질을 다 깔까
다람쥐를 불러올까
영감님을 찾아올까

부뚜막엔 물 끓어오는데
묵은 언제 쑤어먹을까

다람쥐는 겨울 양식 어디 됐을까
매운 연기 훔쳐내면
영감님 오시네
힘들게 묵은 왜 쒀?
다람쥐나 먹게 놔두지

영감님 저녁 차려드리고
묵은 다 됐으려나
미나리도 뜯어와야제.

소나무

내게 말했다네
추운 겨울은
자기도 힘들다고

차라리 잎이 지고 없으면
떨지나 않을 것을

소나무는 내게 말했다네
울긋불긋 가을이면
자기 마음도 흔들린다고

혼자서 푸르려니
방만한 산의 주인인 양
착각하기도 한다고

소나무는 내게 말했다네
가지 몇 개 잘라달라고
눈이 녹아 고드름 열리면
차라리 주저앉고 싶다고

그래도 푸른색은
영원히 간직하고 싶다고.

꽃은

꽃은
자기가 머금은
향기를 내어준다

꽃은 자기가
얼마나 예쁜지
알고 있을까

사람들은
예쁜 꽃을 가지려 한다
그 자리에 두고 보면
나눔의 가치가
배가 되지 않을까

꽃은 말하려 한다
자기가
막 졸리고 힘들 때
물만 조금 달라고.

꽃 피는 밤

한 번만이라도
너의 모습이
변하는 걸 보고 싶다

내 잠든 사이
수줍게 머금은 모습이
이렇듯
아무도 모르게
활짝 피어버리면
언제 예뻐할 겨를도 없이
시들어 버리는 건 아닌지

아름다운 색들은
어디에서 가져오는지
향기는 언제 만들어
품어내는지

한 번만이라도
너의 참모습을
보고 싶다.

연꽃

봉오리마다 연분홍
꽃술 하나 아기 천사
꽃술 두 개 아기 손가락

겹겹이 싸인 꽃잎은
우리 아이
배냇저고리

한가운데 핀
꽃술은
바람 불어도 흔들리지 않는
눈망울일까

돛단배처럼
한가로이 떠 있는
연잎 위에 청개구리
우리 아이
젖 달라고 울 때
같이 울어주려나
폴짝 뛰어
연잎 속에 숨어버리려나.

파도는

파도는
쉬임 없이 밀려와
갯바위 해묵을 때를 씻어간다

파도는
갯바위에 부딪혀
조각가처럼 계단을 만들고
이끼를 닦아내어
새들의 안식처를 만들고
둥지를 틀게 한다

파도는
갯바위를 다듬고
모래를 만들고
조개가 사는
백사장을 만든다

파도는
갯바위에 앉아
시름을 달래던
섬 아낙네

돌아오지 않는 임
서방님 소식 전해올까
연신 밀려온다.

가을의 스산함

낙엽이 구르는 소리
들어봤니?
바람이 지날 때마다
영혼 없는 갈대처럼
헤매는 것이
마치 속 빈 인형처럼 나대는구나

그렇게 지난 여름에
녹음을 자랑하더니
단 한 잎도 떨구지 않을 것 같은
기세등등함이
가을이라는 계절에 밀려
둥둥 떠다니누나

단풍이 아름답다는 이에게
낙엽 한 아름 안겨주며
오래 간직할 수 있는지 묻고
그저 다가오는 겨울엔
정작 차가워진
마음의 위안이 되려나.

강가에서

갈대숲
물오리 숨어들고
바람아 불지 마라
갈대숲 속
오리알 보일라

반대편 강가엔
코스모스
흐드러지고
꽃향기 맡으러
물고기도 뛴다

알 품던 오리는
먹이 찾아 뛰어들고
일하던 농부는
소 몰고 집에 간다

종달새는
초저녁잠 속에 빠졌구나.

흘러가는 계절

알몸을 가리고
푸르름을 맘껏 자랑하더니
이내
발 빼 달아난 여름

하나둘 벗겨내며
너는
가을임을 알렸구나

소년 소녀 고독한 울부짖음을
마음껏 독차지하고서
붉어진 너의 얼굴로
낭만의 풍김을
맛보게 하는가

추한 때 묻은
외투를 벗어 내려 듯
어쩔 땐 싸늘한 가랑비마저
우리에겐 외로움을 연상케 한다

강한 햇살을 가리우고
청춘을 덧없이 자랑하더니

차츰 멀리 달아나 있구나
가을은
혼자만 알 수 없는 계절.

겨울에

밤새 내린 눈이
들판에 누워 잔다
발자욱을 남기고 싶지만
옆구리가 시릴 것 같다
나란히 걸었으면
그 사람이 내 연인이었을 것을

되돌아오는
발자욱이 남지 않더라도
나란히 걸으면
겨울이 따뜻할 것 같다

눈사람을 만들고 싶지만
밟는 것도 아까워
더 멀리 가고파
한낮이 되어
발자욱이 녹아 없어지기 전에.

어쩌란 말이오

제2부

어쩌란 말이오

너는
어쩌란 말이오
공공의 적 코로나
나도 몰라
젊은이의 숨소리
이 밤
안 될 놈
글쓴이
보게

잠을 설친
생각
날
다녀온 길은
멀리서 보면
내게 물으면
누가 이길까?
누구일까?
혼자야
의문
어디 갈래
2022년
임인년
선택
실업자 인생

너의 그 아름다움이
너의 의미
하나면 돼
내가 널 알고
사무치는 밤
려 눈물고 돼

어쩌란 말이오

나보고
어찌하란 말이오
잡아도 잡아도
밤은 오거늘

어찌 살았냐고
내게 물으면
물을 막고
답답함에
산도 옮겨보려 했소

나보고
어찌하란 말이오
옷을 빨고
몸을 씻고
머리도 시원하게 감았소

감을 건너
산을 올라
바위 밑에 굴도 파봤소

나보고 어찌하란 말이오

밥은 굶지 않으니
괜찮다 말해야 하오
아니면
들어가는 나이가
부담스럽다 해야 하오.

너는 공공의 적, 코로나

너는 누구냐
겁도 없이 불이 두려우려냐
어쩔 수 없이 떠밀려왔음
빨리 가야지
너 때문에 많이 아프잖아

얼굴도 모르고
넌 가족도 없지?
어둠이야
계절도 없이 나대지 마

모두가 싫어하면 가
오지 마 다신 오지 마
말할지도 모르면 듣기라고 하렴

모든 이의 삶 속에
너라는 존재는 악마야
가치도 없는 너는
얼굴 없는 악일 뿐이야

인간들에 의해 소멸하는
세균일 뿐이야
실험실의 쥐일 뿐이야.

나도 몰라

파란색의 거대한 덩어리
산산이 조각나
하얗게 빛을 발산하는 것이
땡볕에서만 느낄 수 있을까 의문이다

밤에는 거대한 것이
파도가 바람을 안고 오는지
바람이 파도를 만드는지
당장 갈매기는 알까?
산산이 부서져 자기 몸을 가리운 채
남의 아픈 가슴을 씻어주려 한다

종이배를 좋아하면서
못내 집어 삼켜버린
니를 바다를 좋아하기는커녕
이젠 나 아닌 다른 이들에게
좋았노라고 얘기할 뿐
죽어도 바다에서 살아
살리라는 말은
영원한 숙제로 남겨두리.

글쓴이

편지 써달라고 한다
나보고?
잘 쓴다고?

하늘이 구름 한 점 없이 맑다고?
이것이 "시"라고?
네가 나보고 웃고 울고
이것이 "연기"라고?

물속이 깊어 심오하고
파도가 친다고
험난하다고
이것이 글이라고?

행동으로 보여
말하지 말고
얼굴로 표현하여 만물을 묘사한다고
이것이 "작가"라고?

아기처럼 해맑게
농부처럼 청정하고 부지런하게
어머니처럼 따사롭게

아버지처럼 근엄하게

정녕 이분들이
몸과 마음으로 표현하는
예술인일 거야.

젊은이의 숨소리

등에 짐을 짊어지고
산으로 오르면
산은 나의 고통을 반쯤 덜어
각기 다른 나무들에
조금씩 나눠주며
일찌감치 세상 물정
알았다는 듯

아무 말 없이
견뎌주리라 믿고
꼭대기 오를 때까지
절대 변치 않겠노라고

원초적인 자연의 거대한 외침
그중 내 길이 보이고
호락호락 내어주려나
물속에 잠긴
나의 머리는 하늘을 보려나.

안될 놈

왜 때려!
아프구만
이놈아 아프라고 때리지
옴마나 진짜 아프네

주먹으로 치면 폭력이래
회초리로 장딴지 맞으면
교육 차원인가

맞을 짓 안 허면 될 거 아닌가?
인생살이가 그렇게
호락호락 허간이요
입은 찢어졌다고

비뚤어진 입으로
바른말은 어떻게 해
때려도 안 될 놈은
그때 뿐이여

회초리 걸 새가 없네
옴마아 환장하겠네
해 넘어 가겠네.

이보게

이보게 젊은이
세상을 깊이 판다고
길을 비추겠는가
하늘을 본다고
해를 가려주겠는가

이보게 젊은이
가슴을 열면
시원한 공기와
지혜가 함께 오겠는가

뚜벅뚜벅 걷다 보면
환하게 빛나는
깔끔한 자연스러움이
머리에 가득 찰 듯
웅장한 지식의 창이
미소 지으며 밀려오겠는가

이보게 젊은이
두려움이 혹 모자람은 아닌지
자신감이 혹 부족함은 아닌지

정작 본인은
두 다리만 의존한 채
모든 세상의 이치를
나와 무관하다고
애써 말하고 있지 않은지…….

잠을 설친 밤

나는 너의 밤을 훔쳐 담고
둘레길 돌아
꿀떡 삼킨 인절미의
목메임처럼
검고 어두운 밤을 설쳐 걸으니
어느덧 발바닥엔
이슬 깨어짐이

안개가 해를 가려
깨지 않아도
한없이 걸어봄은
무지몽매인가

걸음걸음 꽃말 붙여
되뇌어 보리
산등성엔 스산한 안개 바람이

깨어 볼거나
일어나 볼거나
어렵거든
기어이 해가 보일 때까지.

누가 이길까?

내가 널 때리면 아프지?
너도 나를 때려봐

한 번만 마음을 헤아려봐
친구야 아프지 마
오른손은 마음을
왼손은 양심을 만져봐
정 안되면 밖에 나와 해를 봐

들어가지마 어두운 곳에는
사람들이 우릴 보고 웃어

우리 사회는
싸우는 게 아냐
경쟁하는 거지

빌딩을 봐
너도 높이 오를 수 있어
하늘을 봐
너도 새처럼 날을 수 있어.

생각 차이

가난이란 것을
아들은 물려받을까?

부자는 황금을 물리고
어떤 방식이든
노하우도 물려주지

아들은 무엇을 좋아할까
행복은
물려주는 게 아니지

가난한 사람이
마음이 편할까
가진 게 없으니 줄 것도 없고
그래도 나눔은
아들은 무엇을 나누어 가질까
부자를 나눌까

착한 사람은
왜 가난하게 살까
부자와 가난한 자
옳고 그름은

누가 만들까
하늘은 알까?

다녀온 길은

지금 어디요?
내가 어찌 아오 세월이 알지
세월이 어찌 아오?
나이가 알지

언제적 청바지요
그땐 소나무 같드만
내가 어찌 아오 안개 속이지

장가간 날
넥타이 매고 신부를 맞았소
하나짜리 방도 있었소
제복에 이름표
몸이 부서져라
출근하고 일을 했소

시간이 흘러
작은 집에 문패를 붙이니
병원 가는 날이 많아지고
진작에 말해주지
건강이 최고라고

고향에 오니
이웃사촌이 여러 명이오
손주는 둘이 있으나
주름살은 세어보고 싶지 않소.

멀리서 보면

아른거리는 것이
멀리서 보면
사랑을 알까?
행복이 가까이 있음을

멀리서 보면
구름이 어디로 가는지
하늘은 알까?

아지랑이는 뭘까?
연기일까
모닥불에서 피어오른 그을음일까
아니면
축 늘어진 청년의 어깨에 내린
무거운 짐일까

가까이 보면
세상이 보일까

빙글빙글 돌면
어지러운 삶이 보일까
아니면 온 세상이 다 보일까

도시엔
왜 가려지는 것들이 많을까?

내게 물으면

행복하냐고 물으면
내 나이를 가르쳐줄게
반은 열심히 살고
나머지 반은 나도 모른다고 할게

남아 있는 것이 무엇이든
내 것이라고 말하지 않고
물 흐르듯 바라보고
영롱한 햇빛 아래 이슬은
새벽엔 절대 놓치지 않을래

무엇을 얻고
얼마나 잃었는가 물으면
나이를 얻고
세월을 잃었다 할래

잠을 잘 때나
꿈을 꿀 때도
시간은 가리라 믿고
가는 철새처럼
슬퍼할 겨를 없이
여기저기 가족들처럼
내게 소중한 것들이 남았으니.

누구일까?

무엇을 알길래 고개를 끄덕이며
고양이 방울 소리처럼
고운 소리가 나는 것일까

나는 누구일까
네게 무엇을 주었기에
세상 더없이 웃고 있나

법 없이도 살 수 있는
청포도처럼 주저리주저리
방울마다 영롱한 눈망울인 듯
차마 한 알도 딸 수 없는
너는 누구이길래

이제 아무것도 주지 않아도
무엇과도 바꿀 수 없는
선물을 줄 것 같은
나의 애기들아.

의문

애기 얼굴처럼
예쁜 감 홍시
그 안에 씨가 몇 개일까

애기 엉덩이처럼
탐스러운 복숭아
깨물어 먹을 수 있을까

지리산 폭포수 아래 가면
선녀가 있을까?
옷은 어디에 있을까?

왜 나는
애기가 보고 싶을까
선녀랑 결혼하면 안 될까
나무꾼이 벌써
다녀갔을까?

혼자야

사랑이 많지는 않을 거야
감자처럼 쪼개져
씨가 된다면
봄엔 맨 먼저 싹이 난단다
나이도 많지 않을 거야

존중 개인 프라이버시
얘기 안 해도 돼
시대의 흐름이니까

무관심
그 무엇도 대신할 수 없는
각자의 생각들
풍선처럼 둥둥 떠다니며
방향이 바람을 탓하듯이

심지가 곧아
배짱이 있어
남자가 아닌가
젊고 풋풋함이
무궁무진한
그들만의 장점인가.

어디 갈래

아마존강
가면 보이려나
원주민
같이 춤추려나 방가방가
추장이 소리치면
모두가 워이워이

꿈에 배 타고 갈게
악어가 있네
물소가 강둑 위에 망설이고
사면초가 새끼들은
뒤에는 사자가
물에는 악어가

약육강식
누가 제일 강할까
원주민은 알아
나이 많은 추장은 알 거야
어디쯤 있을까
대화는 통할까?

2022년 임인년

하나가
둘이 되라고

코로나도 제로
근심도 제로

대통령 뽑는 해라고
둘이 하나가 될 때까지
함께 협력하라고
둘이 함께라면
무엇이 두려우랴

정글의 호랑이처럼
힘차게 살라고

새해는
온 정기를 한 몸에 받으라고.

선택

오늘날은
기회가 많아
장점을 찾아
가지만의 선택을 하지

넓고 기회가 많아졌어
너만 알고 있어
네가 제일 똑똑해

어디로 어떻게
가야 할지
넌 잘 알고 있어

옛날엔
백이라는 수가
제일인 줄 알았어
백석지기, 일당백, 백릿길

그 당시
한 머슴의 꿈이
쌀 백 섬을 모으는 거였어

그래서 건넛마을 처녀와
백년가약을 맺는 게
꿈이었어.

실업자

폐하
저에게 명을 내려주십시오
제가 우리나라 지형과 같은
똑같은 2022개의 성을
겹겹이 쌓아 올리겠습니다

돌을 캐는 사람
성을 쌓는 기술자
수레를 끄는 마부까지

곳곳에 구멍을 뚫어
햇볕이 들게 하고
높은 굴뚝을 세우겠습니다

그리하여
이 시대 실업자를 없애고
모두가 일할 수 있는 삶의 터전을
건설하겠습니다

젊은이들이
원대한 꿈을 볼 수 있게
하겠나이다.

인생

기필코 이기리라
하지 마세요
상처는 바늘로 꿰매야 아물고
시든 꽃은 물을 줘야 하고

한 번에 끝내려 하지 말고
여러 번 시도해 봐요

어찌
태산을 한 번에 넘으려 하고

한 번의 실수를
어찌 긴 인생에 견주려 하고

깃털처럼 가볍게
솜처럼 푹신하게

인생은
당신의 생각보다
훨씬 길고
아름답다오.

너의 그 아름다움이

너의 화려한 모습은
나이에 주고
너의 그 달콤한 입술은
벌들에게 주련

아무도 지키지 않은
무한한 자연 속에서
그렇듯 예쁘게 피어
좀처럼 보기 힘든
네 모습을
뽐내고 있구나

이름이 무엇이든
어디서 홀연히 나타났든
너 하나로 하여금
나비도 춤추고
꿀벌들도
열심히 일하는구나

너만 괜찮다면
우리는
영원히 보고 싶구나.

너의 의미

꽃이
향기를 피우는 것은
여기 있으니
날 보러 와달라는 것

꽃이
바람에 씨를 날려
피우는 것은
나 멀리 가더라도
기꺼이 와달라고
말하고 있는 것

스치는 향기와
예쁜 꽃은
많은 것을
생각하고 있는
바로 너인 것

꽃에 약속 담아 날리면
이듬해
만나자는
진솔한 의미인 것.

하나면 돼

너는
하나여야만 해

욕심 없는
순수한 하나

자석에 쇳가루
엉켜 싸우고
승부가 나지 않을 때
그냥 너 혼자가
그럼 내가 뒤따라갈게

너는 하나면 돼
작은 너의 몸
자꾸 쪼개려 하지마

너의 존재감을 찾는
뚜벅이가 되어봐

붙어가려 하지마
너의 뜨거운
심장은 멈추지 않아.

눈물

너희들 모두
나의 눈을
바라보고 있구나
어쩌나 보려고

나의 아픈 상처를
서로 지껄이며
너희들은 내 이마의 주름을 그려놓고
굵고 깊은 나의
인심을 보려 너희들은 모두
나의 눈을 바라보고 있구나

금방이라도
쏟아질 듯한
처근이 된 나의 눈물은
기어이 깊은 주름 따라 흐르고
너희들은
조롱이나 하듯
별이 된 눈물 자국을
바라보고 있구나.

내가 널 알려고

밝은 달 아래 널 생각하련다
나의 그림자
곁에 묶어놓고
너인 양 얘기하련다
너의 마음을 물으며

달님에게 묻고
그림자를 쳐다본다
아무 대답 없이
고개를 떨구면
너 내 머리 위에 와있구나

눈을 크게 떠
꿈은 아니려니 하고
하늘을 보면
넌 그냥 어디론가 사라진다
요리조리 살펴봐도
넌 좀처럼
다가오질 않는다

내 마음을
알지 못하는 넌
나의 그림자임을 알았다.

사무치는 밤

비록
사날의 밤을 지새우더라도
나는 꽃이 만개함을
기다릴래요

뼈저리게 그 아픔을
이해했지만
그 향기가 내게 전해져
진실을 말할 때까지
난 기다릴래요

밤엔 사무치게 그립고
바람에 꽃잎 하나
떨어져 날아갈까
꿈을 꾸기도 아까움
상상조차 할 수 없는

그는 내게
둘도 없는 그리움이요
사무침이라오

그는 한낱 꽃이 아니라
나의 생명이라오.

어쩌나

한점 보이는
하늘의 별님을
뽀얀 먹구름은
또 가리려 합니다

몇 잎 남은 잎사귀를
바람은 또 따려 합니다

날마다 말라버린 감정 속에
삶을 재촉합니다

하루하루
먹고 먹히는 경쟁 속에
심하게 일그러진 감성과
들끓던 심장이
요동치고

내 눈앞 빌딩 숲에
갇혀버린
날지 못한 애벌레처럼
꿈틀대어
그저

밤엔 지쳐버린
나방이 되어
구석구석 스며듭니다.

편하게 살어

새것이 아니라고?
만져보면 알아
쓰던 놈이 편해

가던 대로 가
옆길 새지 말고
아는 길이 편해

그만 쳐다봐
너무 높으면
내려올 때 힘들어

아니라고 하지마
그것이
네 길이야
현실에 만족해

애써 만들지마
하나만 바꾸면 돼
삶의 테두리를…….

마중물

아픈 기억이
결코
인생의 마중물이 될 수 있으려나

다시 일어설 수 있음이
이젠
아프지 않을 거라는 희망이
나의 마중물이 될까

살아온 길을 뒤로하고
살아갈 날을 위해 기도하며

그 기도가
마중물이 되어줄까?

제3부

행복인가 고민인가

행복인가
고민인가

물수제비
너나
나나
구름달아

길이가다
입이달다

하나보다
차이가있어
만들어봐
희망여

슬픈나그네
꿈을꾸듯이
하늘이여

몰래오는것
언제나그곳에
담배연기

달나라
양쪽어디가자부책

새벽
그리고
나의새벽
삼월이오면
사랑

외로움은 당신
것이아니오
행운의
박스
일기

소리를 다악가
머

행복인가 고민인가

행복은
순간일망정
아쉽고

고민은
순간일망정
지루하다

난 이 글을 믿는다
뉘 글인지…….

물수제비

물수제비를 던져라
던져 두 번 튀면
나의 이십 년

모든 꿈이 다 이루어질 듯
거침없는 나의 이십 년

납작한 돌을 던져라
여러 번 튕기면
승승장구 사생활 속 내 그림자
더 높이 더 많이 더 오래

물수제비를 던져라
인생을 논할 듯
바위에 맞아
두 갈래로 튀고
무거워 물속에 가라앉고

내가 건너지 않은
아직 남은 풍파는
먼저 저 너머로 튕겨 나가는구나
아무에게도 말하지 않은
아직 남은 것들까지도.

너나 나나

물 잔뜩 머금은 스펀지
말라비틀어진 수세미

뭘 그리 증명하려고
입장 바꾸어 생각해 보면
너는
인정사정없이
쥐어 짜버린
푸석한 스펀지

나는
모진 비바람에 떨어져
나뒹구는
물먹은 수세미

너나 나나
생각해 보면
그놈이 그놈인 것을

우열을 가리기 힘든 사람들
빈칸만 노리는
숭숭 뚫린 스펀지 조각
말라비틀어진 수세미.

구름아

산에 구름이 끼면
쉽게 떠나지 않으려 한다
깊은 계곡과
아름다운 풍경 때문일까?
쉽게 잡힐까
구름은 허리부터 감아
꼭대기에 머문다

바람이 불면
기슭을 휘돌아가고

해가 뜨면
가늘게 틈을 내어
햇살을 비추고

비가 오면
흩어지는 구름들은
겹겹이 아름다운
무지개를 낳고
어디론가 사라진다.

입이 달다

너에게
예쁜 말만 해줄 때가
제일 좋다
티 없이 커 순진하고
수정보다 맑을 것 같은
네가 가지고 있는
마음이 예쁘다
그렇게 말할 때
나는 입이 달다

나의 소중한 것들을
간직하고 사랑할 때
어디 사탕에 비할까

너의 앞으로의 날들이
순탄하리라
말할 때
나는 입이 달다

깊은 물 속에 숨겨진
작은 조약돌처럼
예쁜 아이야

눈 감아도
아름다운 것들은
모두 너인 것처럼
꿈속이라도
깨어지고 싶지 않은
사탕수수 같은 아이야.

길 가다가

무작정 걷다가
세차게 쏟는
소낙비에 무지막지
맞아본 적 있나

한 줄 한 가닥
투둑투둑
아파서 울었겠나
집 나올 때
주머니도
마음도 비어서 울었지

보릿고개 시절
세대들의 공감대는
배고픔이 싫었고
텅 빈 벌판이
곳간을 비웠지

찌들어
살피는 주변은
돌아볼 새 없어
흙 묻은 손 털 새 없고

찢어진 밀짚모자 쓴
허수아비는
텅 빈 논밭에
뭘 쫓으려 서 있나

길 가다가 젖은 옷은
천근이고
쉬어갈 곳도 없으니.

하나보다 둘이면

주먹보다
두 손가락이 좋다
불끈 쥔 두 주먹보다
손가락이 좋다

수많은 사람들
남자와 여자
둘이라서 좋다

사랑이라는 단어
둘이라는 숫자에
흔히들 말하고

혼자 밤길 갈 때도
달빛에 비친
그림자가 있어 좋다

혼자가 아니라는 말도
행복, 사랑, 열정
이 단어들이
둘이라서 좋다.

차이가 있어

울어 마음껏
눈물샘이 마를 때까지

슬픈 샘은 이내 마르지만
행복은 샘이 없어
영원할 수 있어

눈물은 슬픔을 연기하지만
행복은 마침표를 거부해

우리가 살아온 날들은
눈물과 비교하지 마

이 세상이
무엇을 원하는지
세상은 늘 변하고
너 또한
아름답게 변할 수 있어
원하든
원하지 않든.

만들어봐

두루뭉술과
시간의 여유로움
아님
쪼개고 갈라
할 일이 많을까
어떤 하루를 만들어 볼까

둥글게 만들면
괜히 하루가 실타래처럼
잘 풀릴 것 같고

모나 게 만들면
오르막은 숨이 턱턱 막히고
내리막은 미끄러져
벽에 부딪힐 것 같은

그럼
하루를 영화관으로
만들어볼까?

아니면
하루를 박물관이나

사진관으로 만들까?
쓰레기를 치우고
깨끗이 씻어봐.

희망

날 만나려면
큰 산을 넘어야 해
험난하지만
너라면 할 수 있어

날 보려면
높은 빌딩을
손수 지어 올려야 해
힘이 들지만
한층 한층 쌓아 올려봐

아무에게도 묻지 마
서로 다를 수 있어
아무리 높고 멀어도
하늘 아래 존재하며
날마다
해는 뜨고 있어

희망은
꿈꾸는 게 아니야
희망은
마음속에 담고 가는 거야.

슬픈 나그네

단벌이 젖을세라
나그네는
큰 연잎을 따서 들고
한 치도 안 되는 발로
큰 구름 떼를 피하려 하네

주막이 어디 있으랴
줄줄 새는 허름한
원두막뿐인걸

주린 배를 채우려
수박을 따랴
허수아비 아저씨가
보고 있는걸

실쭉한 무 하니 뽑아 물고
어슴푸레 고개 넘으면
주막이 나오려나

수중에 땡전이 있으려나
따끈한 국밥 한 그릇
허황된 망상이려나.

하늘이여

내가 가는 길이 보이거든
말 좀 해다오

하늘아
왔던 길은 어렴풋이
나도 알고 있으니
남은 길이나 말해다오

물은 건너는지
산은 굽이굽이
몇 개나 넘어야 하는지
운이 좋아 무릉도원에
열매도 딸 수 있는지

하늘아,
내 등에 짊어진 인생 보따리는
어디에 내려놓아야 하는지
내 삶과 아무 상관 없이
헤매야 하는지

하늘아,
무거운 짐을 산에 오르기 전

내려놓음이
죄가 되는지
수없이 흘린 땀과
바꿀 수 있는지.

꿈을 꾸듯이

얼룩져도 모르고
비가 와도 젖지 않는
나는 꿈을 꾸고 있다

모닥불에 태워 갈
늦은 밤 속에서
몽롱하고 스산한 기운마저 든다

아니라고 고개 저어도
이제는 같이 갈 운명처럼 다가온
허공 속의 한이여!

어쩌다 지나친
여한의 발자취에
왜 굳이 이름을 새기려 하나

꿈을 꾸듯이
내 몰라라 고개 돌려도
난 왜 한숨을 쉬어야 하나

아침 바람이
그렇게 시원한데
왜 너는 느끼지 못하나.

가녀린

소달구지만 봐도
우는 소리야
큰 눈에 맺힌 소의 눈물은
땀이 아니야
달그락 소리가 요란함은
네가 무거워하는 소리가 아냐

길가에 코스모스만 봐도
우는 소리야
가는 허리 여린 꽃들이
부는 바람에 흔들리고
네가 바라본다고
수줍어하는 거 아니야!

어항 속 금붕어 바라보며
우는 소녀야
사방이 막혀 갈 곳 없는
좁은 공간에서
자기 몸의 예쁜 색을
보여주기 위함이야.

몰래 오는 것

한걸음에 닿을 것 같은
눈을 감아도 보일 것 같은
청량함

지금 오고 있는 봄인가?
내려앉을 것 같은 아지랑이
손바닥의 간지럼이야

혼자 느끼자고
아무도 모르게 오고 있는 그것이 봄인가?

느끼지 않아도
만지지 않아도
따사로울 것 같은
만물의 기운이 뭉쳐있는
그저 소리 없이 몰래
부드러운 솜이불 같은
지금
온 사방에서 오는 것이 봄인가.

언제나 그곳에

왠지 네가 거기 있을 것 같다
어젯밤 꿈속에
보았던 것이
왠지 익숙한 현실의 것처럼

항상 걸어본 길이며
새삼스럽게 느끼지 않아도
눈을 감아도 보일 것 같은

눈 부신 태양 아래 네가 있어
오래 보면 타버릴 것 같은
검은 안경을 껴도
잘 보일 것 같은
그저 만물이
널 가리고 있는 것처럼

소중함을 깨닫기 전에
사라져버릴 것 같은
미처 너의 존재를 알기도 전에
옛날 떠나버린
내 반쪽 같은 생명이.

담배 연기

지하철 승강장에서
자욱한 담배 연기 휘몰아가듯
열차 한 대 지난다

갑자기 사라져버린
연기 속 많은 사람들

뿌연 담배 연기 속에
날카롭게 새어 나오는
창틈 한 줄기 빛이
내 어깨를 찌르듯 스치고
잠시 후면 연기만 남겨둔 채
또 다른 세상으로 데려다준
열차가 도착한단다

이 모든 것들의 종착지는 어딜까?
저 멋진 양복 입은 신사는
큰 빌딩으로 들어갈까?

지하철 승강장
구두 닦는 이들은
어느 열차를 타고 갈까?

책

종이 한 장이
이렇게 두꺼울 줄이야!

오늘 한 페이지
글쓴이가 누군지
보석 알맹이처럼
종이 위에 박힌 글을 쓸어 담아
내 안에 양식으로 삼아
보탬이 될 것을

글쓴이의 허락도 없이
한장 한장 넘긴 책장은
시간의 구애를 받지 않고
반쯤 넘어가 버렸구나

나머시 글을 아끼며
넘긴 책장은
깊이 파고드는 회안에
너무 쉽게 읽었구나
글이란,
참 끝없이 깊은
우물이구나.

아부

멀리서 보아도
눈이 부실 것 같은
부는 바람에
향기가 밀려올 듯
걸음걸음마다
새싹이 돋아날 듯

천사가 부러워할 만큼
싱그럽고 예쁜 여자야

인간은 법 앞에
평등하다 했거늘
법의 구애를 받지 않고
태어난 아름다운 너는

창조자도 절대자도
완벽하게 실수했다고
도저히 그런 작품이
나올 수 없다고 말하는구나

결코 내 것이 될 수 없을 것 같은
그는 분명 불멸의 영혼이어라.

달나라 가자

이렇듯
세상이 어지럽고
세균이 판치고

상자 안에 갇힌 듯
숨쉬기도 답답할 때

친구야
오늘 밤 지붕 위로 오너라
몰래 달나라 가자
방아 찧는 옥토끼
지구의
그림자만 있는 곳으로.

양쪽 어디

진흙땅과 모래땅
삽을 들어라
그리고 그 결과를 거짓 없이 보라

진흙땅을 팠습니다
얼라 깊지 않은 곳에서
물이 솟아 나왔습니다
그러나 흙탕물이라
마셔야 할지 모르겠습니다

모래땅을 팠습니다
한참을 파도
모래알 같은 땀을 흘려도

한참을 파니
물이 보입니다
양은 많지 않고
깊지만 아주 맑습니다
한 사발
시원하게 마셔도 될 것 같습니다.

새벽 그리고 새벽

새벽은
시작의 알림이다

아침은
그 시작의 실천이다

각기 사회에 스며들어
무엇이든 한다

저녁은
젊은이들의
또 다른 시작이다
도심의 불빛들은
신선하고 활기차다

새벽이 오기까지
젊음은 계속된다

불빛은 사라지고
아침은
또 다른 날의
해를 품는다.

나의 사랑

사랑한다는 말은
네게 직접 하고 싶다

얼마나 사랑하나 물으면
그건 글로 서주고 싶다

힘들다 말하면
그네를 밀어주련다

시간이 흘러
헤어지자 말하면
난 귀가 없어 들을 수 없고

이별의 편지가 오면
눈은 오래전에
나와 헤어져
보지 못한다고

소리를 잃고
눈마저 먼 사랑이라면
얼마나 너는 나의 큰 의미였나

네가 없음은
사랑도 없음을
애초 사랑은 만들 수 없음을.

삼월이 오면

솔아, 너만의 푸른 솔아
가을 낙엽에
조금은 덜고 가지
구국 선열의 기개 닮음은 안다마는
긴 겨울 많은 눈, 민중의 한
그 많은 업보를
네 몸 하나로 짊어지고
한 치 흐트러짐 없이
홀연히 서 있느냐

바람 불면
가지 하나 내주어
조금은 쉬어가지
기어이 한 조국을 품고 있구나

낼모레 삼월이면
가진 설움 내려놓고
만세 한 번 크게 불러
우리 선조 영령 앞에
송홧가루 뿌려드려
후대들이 이어받아
우리 땅

우리 솔
뿌리를 이어가자
태극기 흔들며…….

외로움은 당신 것이 아니오

사방을 둘러
당신을 보지 못함이
어찌 뜨지 않은
달의 밤이라 하겠소

소리쳐 불러도
당신의 간절함이
들리지 않음은
어찌 두꺼운
콘크리트 벽이라 하겠소

세상에 혼자도 아닌 것을
현실을 왜 그리 외면하고
원망만 하고

당신의 우람함으로
두꺼운 벽을 깨보시오
햇살 머금은
찬란한 빛이 보일 때까지

외로움은 당신 것이 아니오
영혼 없이 멀리 날아가
찾을 길이 없다오.

행운의 박스

만약 당신에게
행운의 박스가 있다면
그 속을 무엇으로 채우겠소

나는 그 열쇠를
영원히 간직하고
희망의 끈으로 삼고 싶소

그 속에 들어있는
그 무엇에 대해서
난
수많은 꿈을 꾼다오

누구도 가질 수 없는
나만의 것이 있다는
늘 희망인 깃을.

일기

말을 해
아무도 몰라
일기장에 적어놓으면

너를 상대하는
모든 이에게 말을 해
그것은 소중함이 아니야
너의
절실함도 아니야

혼자 술독에 빠지면
네 인생이
술로 변할지 몰라
말을 해

네 속의 고뇌들이
세상에 알려지면
내일 아침엔
엉킨 실타래 풀어 줄
천사가 와 있을지 몰라.

소리를 따라가면

길을 돌아서 가면
쉴 곳이 있을 법한데
잠시 쉬어감도
내어주지 않는
지칠 수밖에 없는
우리의 생활은
누가 선택하였나

나지막이
소리를 따라가면
노래 부르는
쉼터가 있을 법한데

고장 난 브레이크처럼
바퀴 빠져 달아날 듯
조마조마한 세상은
왜 자기를
내주려 하지 않을까?

실험 삼아

힘들게 걸었으면
불을 꺼야지
왜 잠들려 하나요

멀리서 왔으면
문을 열어야지
왜 앉아 쉬려 하오

잠시 쉬었다가
동이 트면
눈에 보이는 것이
모두 당신의 것이 될 수 있음을

뒷걸음칠 때 당신 일생
되돌아갈 때 당신의 삶이
실험이라 생각하나요?

이제 제자리 놓고
크게 심호흡해 봐요
성공이 커지고
인생이 자라고
삶이 단단해질 거예요.

소원

빌어도 빌어도
대답 없기에
물어보았습니다
하늘 아래 어디 있느냐고

숨어 있음 찾아내고
멀기 가 있음
한 걸음 한 걸음
마중 가리라 하고

혹 꿈속에 이루어질까?
밤새 기도했습니다

그래도
소원이 뭐라 물으면
봄, 여름, 가을, 겨울
소원을 빌며
초연하게 사는 거라고.

제4부

오랜만에 잡은 펜

황순원 님 글 좀 잠시 빌릴게요

오랜만에 잡은 펜
1980년

어떤 만남
키스
나는 때는

음 치의 푸념
소풍 가서
지금
생각해 보니
빠른 세월
내 인생에
기네스북
소개팅

미련 곰탱이
내 어릴 적
창문 안의 나
학창시절
초등학교
58년 개띠
골목길
4학년
그래!
잠시 쉬었다 가지
삶의 무게를 지는 법
조심해야 할 것들
4차원
남과 여
모르지
술과 대화
중년이 되면
되면

오랜만에 잡은 펜

친구야
여자친구 생겼다
연애편지 좀 써줘라

김정현
네가 문예 부장해라
교실 벽에
좋은 글 좀 붙여라

어언 사십 년 후에

선생님께서 용기를 주셨다
제가 글을 쓸 수 있을까요?
늦지 않았어요
구십 오세 할머니도
건장하십니다

삼라만상
모든 소품들을
잠시 빌려 쓰고
다시 제자리로 돌려놓을게요
주변 공간을 많이 활용할게요.

1980년

크리스마스 이브날
네게 무슨 날인데 기다리나

친구야
청바지 어디서 샀나
나는 당꼬바지 입을란다

케이크는 꼭 사고
담배는 솔
술은 보해소주에 안주는 새우깡
쥐포도 사라

여자애들은 몇 명 오나?
짝이 맞아야지
노래는 고래사냥 부를래
캐럴은 영어라 잘 몰라
밤새도록 눈이 오면 좋지

해병대 지원할까
너는 방위나 받아라
쓸데없는 소리
눈이 많이 쌓였다
걱정일랑 내일로~~

황순원 님 글 좀 잠시 빌릴게요

냇가에 소녀는
조약돌을 줍고 있다
몸이 많이 아픈 소녀란다
"소나기"

나는 그 풋풋함과
사실성이 좋다
하지만
조금씩 부끄러워하는
소년의 청순함이 더 좋다

즐겁게 보낸 시간을 멀리하고
가엾게 죽어간 소녀는
얼룩진 옷과 함께 묻어달라고

그때 나는
그 책 속에 소년이 되어
눈물을 흘렸다

소녀가 준 조약돌을 매만지며
내리는 비 사이로
아쉬움이 몰려오고

그때 그 원두막에서
복숭아 한 아름 따줄걸…….

나 때는

너 한 번만 더하면 죽어
코 좀 닦고 해
딱지치기 그만해

너 한 번만 더하면 죽어
구슬치기하면서
주머니는 왜 만져
너의 형은 빠지라고 해

너 하지마
보름날은 달이 크지
나무 높이 쌓아 불피우지
어른들 와도 도망가기 없기

너 한 번만 더하면 죽어
만화책방 갈까?
무협지 볼까
자랑하지만
게임기 있다고

너 한 번만 너네 엄마한테
말하면 죽어

그리고
자랑하지마
집에 텔레비전 있다고…….

어떤 키스

어땠어?
뭐가?
왜 자꾸 땀을 흘리고 그래
나도 외국영화 자주 보거든
그럼 다시 한번 해봐

바보야
왜 그래?
코를 비트는 게 아니야
고개를 돌려야지

너도 외국영화 자주 보니?
머리 만지지 마
등을 감싸 안아야지

입술을 깨무는 게 아니야
혀를 돌려야지

우리말로만 키스하고
실제론 언제 해?

영화 보러 가자

외국영화

야 이 바보야
우리나라 영화도 키스 많이 해.

만남

굳이 밀하지 않고
취하지 말고 바라보자

술이 목에 차도록
눈만 바라보고
거리에 가로등이
하나둘씩 줄어들 때
아직까진 친구임을 알고 있을 때

살아온 날을 옛날이라 말고
바로 어제 잠깐이라 하자

둘이 어깨가 닿고 비틀할 때
빈 술병을 바라보자
얼굴을 술병에 비추면
네가 나이기도
내가 너이기도

아련한 것이 추억이라 말고
어제의 우리라 하자

지금 우리는

한곳에 머물며
시간을 아까워 말자
하루가 스물네 시간이잖아 친구야.

음치의 푸념

내가 노래를 하면
왜 조용할까

아는 노래는 단 몇 개
수백 번 돌려 불렀을걸…

박자가 앞서가니 뒤서거니
가사는 늘 앞서가고
음정은 그날그날 다르다

나의 신조는
가사는 절대 틀리지 않는다
그리고 누가 뭐래도
중간에 그만두지 않는다
다만 친구들이 꺼버리지

회사 회식 때도 여전하고
그렇게 인자하신
부장님도
연신 술잔만 들이킨다

노래 교실에 가볼까?

친구들이 말린다
가지 말라고
노래 교실 아줌마들
다들 그만둘 거라고
맞을지도 모른다고.

지금 생각해 보니

내가 물에 빠지면
제일 먼저 구하겠다는 놈이
지푸라기 한 올 던져주고
홀연히 가버렸다

나는 뒤로 한참
영문을 몰랐다

세월이 흘러
내 앞에 그가 나타났다
나는 물었다
왜 구하지 않고
지푸라기만 던져주고
떠나갔느냐고

그는 무겁게
입을 열었다

"너는 수영을 잘하잖아
나는 수영을 못해"

나에게 용기를 주고 싶었다고

정말일까?

그놈을 한 대 팰까?

소풍 가서

선생님
  자! 여러분
  누구 나와서
  장기자랑 할 사람

선생님
  우리 반에
  노래 잘하는 사람 없나요?
  한동안 침묵이 흐르고

어린이
  아야!

선생님
  누구야? 방금 아프다고
  소리친 학생

어린이
  손들고 일어나
  우리 엄마가
  니가 노래 부르라고
  뒤에서 꼬집잖아요

어머니
　　몸 둘 바를 모르며
　　선생님 처음 뵙겠습니다
　　점심 같이해요

어린이들
　　깔 깔 깔!

빠른 세월

우리는 가고 있다
더 빠른 놈이 있다
누구에게 묻지도 않고
아무 일 없다는 듯
무심하게 간다

세월아!
너 몇 살인지 알고 있니?
대답 없이 무심하게
인정사정도 없이

잡아매어 놓을까
아쉬운 사람들을 위해서

쉬어 가면 좀 나아지려나
내가 남기고 있는 건 무얼까
내일은 뭔가 찾을 수 있을까
보따리 보따리
싸놓으면 맘이 놓일까

차라리 달려가서
잡아 버릴까.

내 인생에

내 인생에 자란
나무 열매들을 보았다
유난히 많이 달려
가지가 꺾일세라

슬픔의 가지는 잘라내고
행복의 접을 붙이고 싶다

또 다른
베일에 싸인 열매는 뭘까?

나무 꼭대기
유난히도 크고 빛나는
열매는

모진 비바람에
떨어질세라
장막을 치고
내가 알고 싶은 것들을
만족해할 때까지 지키리라
그것이 내 인생이거늘.

기네스북

최고의 학창 시절
부끄러운 고 2학년
어느 중간고사

국어는 자신이 있었지
세종대왕님을 존경하니까

2교시 국사 시험

컨닝페이퍼 열심히 복사할 때 느닷없이
공포의 백색 가루 머금은 칠판 닦이가 날아왔다

머리에 정통으로 맞고 쫓겨나
화장실에서 씻고 나니
옛 선조님들에 부끄러움과
특히 존경하는 세종대왕님께
죄스러운 마음만이

다음 수학 시험 시간

앞이 캄캄하다
사실 수학은 커닝하기 힘들어 주관식이며

직접 문제를 풀어야 하기 때문에

과감하게 바꿔치기를 시도하다 또 걸려
무지하게 혼나고 …… 다음엔 공식을 외워야지

창피함을 뒤로하고 마지막
화학 시험

화학 시험은 객관식이라 시력 싸움이었지
공부 잘하는 놈 시험지
한눈에 열 개 정도는 보쌈하듯
눈에 담아야 한다
두 번만 잘 담으면 그놈과 거의 성적이 똑같지

부푼 꿈을 안고 일어서
단 일 초 남짓 번호를 훔치기 시작했디
1차 성공이다
나머지 한 번만
몸을 다시 일으킨 순간

"선생님!"
하고 옆에 친구가 신고해 버렸다

아뿔싸!
하루에 세 번 걸리다니
다행인 것은 일학년 담임 선생님이라
뒤통수 몇 대 맞고 끝났지만

그 밀고자를 어찌해야 할까
시험보다 더 고민이었다
우리 반 일명 "밝은 커닝회" 회의 끝에
학교 끝날 때까지
무기징역을 선고해버렸지
그놈 지금 동창회도 안나와
보고 싶다 친구들아. 밀고자도~

소개팅

사랑을 알려고
사람을
만나고 왔습니다

커피 마시고
맛있는 밥도 먹고
영화도 봤습니다

그리고
집에 왔습니다

지금 생각해 보니
만나기 직전이
제일 아름다웠고
전날 밤이 매우 행복하였고
처음 약속할 때가
가슴 설렜습니다

그래도
헤어질 때는
사랑을 조금 알았습니다.

내 어릴 적

가슴에 손수건하고 학교 갈 때
어머니 옥색 치맛자락 붙잡고

선생님 따라서
하나, 둘, 셋, 넷

국어책에 나오는
철수는 지금 얼마나 컸을까
입김 불어 닦은 창은
지금 누가 닦을까
영희가 지금도 청소하고 있으려나

산수 시간
더하기, 빼기…
곱하는 것은 왜 싫을까
무지 많을 것인데

나는 왜
바른 생활 시간이
제일 신이 날까

이 시간이 끝나면

청소하고 집에 가지
일찌감치
공부가 싫었을까?

미련 곰탱이

그녀는 날 싫어하지
싫어하는 줄 몰랐어
전화해 나 문자는 잘 못 해

술을 많이 마셨지
그녀 생각하면
취하지도 않아
옆자리에 누가 있었는데
이 미련 곰탱이

전화번호는 어찌 알았데?
주인밖에 오르는데

네 모습이 떠오르긴 하지만
밤에 잠은 잘자
꿈도 꾸는데
일어나면 다 잊어버리고 없어
미련 곰탱이

남성복 코너에 갔어
네가 생각나서
목도리 사러 갔는데 그냥 왔어

지금 여름이라
여자 목도리 취급은 안한데
미련 곰탱이.

창문 안의 나

창문을 닫고
마루에 앉아
햇살이 비추면
겨울이라지만 무척 따뜻하다

창문 너머 펼쳐지는
도화지 속의 그림처럼
내 기억 속에
하나하나 넘어간다

지금 멈춰있지만
그동안 수많은 일들이
일기장에 꿈틀거리고 있다

창문을 닫고
마루에 앉아 느끼는 겨울은
햇볕이 있기에 좋다

하얗게 아른거리는
생각할 수 있는
추억이 있어
따사롭고 행복하다.

학창 시절

교련 시간 땡땡이쳤지
군인 선생님이 있어
교련복이 터질 정도로
엉덩이 맞아도
나는 울지 않았지

여동생 때렸다고
아부지한테
빗자루로 먼지가 날 정도로 맞아도
나는 울지 않았다

학교 끝나고
빵집에서 삼삼오오
싸움이 나도
머리에 피가 나도
나는 울지 않았다

그런데 언젠가
옆집 TV드라마
"여로"를 보고
영구 색시가 시어머니에게
구박받는 걸 보고
나는 울었다.

골목길

눈 내리는
가로등 밑, 바바리코트
그때는 얼마나 멋있었나

하나, 둘
지나가는 사람들
삐걱하고 큰 대문 열고
나올 것 같은
눈옷 입은 천사 아가씨

달이 넘어갈 때쯤 오려나
해가 떠오르면 갈 텐데

찹쌀떡 장사라도
지나갈 듯한 새벽녘
종소리 울리며
쓰레기 치우는 아저씨

눈 내리는 가로등 밑
바바리코트 그림자만 남겨놓고
상상의 알몸만 빠져나와
구부러진 골목길을

휘돌아 나온다

빌딩 숲에 가려진
골목길에는
하얀 눈이 소복이 쌓여간다.

초등학교 4학년

생각난다
4학년 때 '황'자 '청'자 '자'자 선생님
뿔테안경에 약간 뚱뚱한
마음씨 고운 선생님

그리고 서울에서 전학 온
여자애 생각난다
하얀 블라우스
까만 치마
그리고 하얀 긴 양말
그 애가 부른 노래 생각난다

"엄마야 누나야 강변 살자
뜰에는 반짝이는 금모래 빛
뒷문 밖에는 갈잎의 노래
엄마야 누나야 강변 살자"

예쁜 아이
선생님의 풍금 반주에
생전 처음 듣는 노래
하얀 얼굴 긴 머리
그 애는 날 기억할까?

근데 왜 이름이 기억나지 않을까?

보고 싶다

지금도 곱게 늙었을 예쁜 친구야.

58년 개띠

혼란의 시대
태어난 아이
6·25 동란 후 태어남은 아무도
축하해주지 않은……

무지하게 가난했던 시절
아예 없는 것이 더 많았던 시대

폭격은 멈췄지만
서로 싸우고 어수선한 그때
나는 58년 개띠다

밀가루 원조받아
끼니 연명하고
산은 나무 없는 민둥산이었다

나는 이제 알았다
피골이 상접했던
그때 엄마의 색바랜 사진 한 장

사방 울력하던
사진 속 시커먼 얼굴의

아버지 사진

뒤늦게 울컥해진
지금 나의 모습은…….

잠시 쉬었다 가지 그래!

왜 가지 않고 있어?
다리도 아프고
깜깜해서 못 가
내일 해 뜨면 가려고

해가 뜬다 해도
시커먼 구름이 끼고
비가 오면 어쩌나

무엇이 두렵고
왜 가지 않느냐 물으면
세찬 풍파에 밀리고
틈새 없이 우뚝 선 빌딩에 막히고

기다리면 되겠지
하는 안이한 생각이
길을 막고 말았지

이젠 잠시 쉬었다가
다시 책을 펴고 펜을 들어
미래를 향해 출발해.

삶의 무게를 지는 법

밤새 고민하고
아침까지 술 마시고
눈이 붓도록
울어봐도

아이야
길이 보이려나
세상을
무겁게 짊어지려 말고
가볍게 어깨동무해보렴
툭툭 치며 달래보렴

옛날 입영 전야
여친 손을
힘들게 놓을 때처럼.

조심해야 할 것들

초등학교 화장실
빨리 나오라
꽝꽝 두드린다
옆 칸에 한 아이 나와
엎어진 적 있었지
그들은 쌍둥이였어

비가 많이 오던 날
우산 빌려준 여학생
자기 하나 쓰고
나 하나 빌려주었지
참 착한 아이구나
멀리서 보니
저만치 둘이서 쓰고 가는구나
그들은 쌍둥이였어

중학교 사춘기 때
하굣길 여학생 집에
쫓아가다가
남자 둘에게
무지하게 맞은 적 있지
그들은 그 여학생

쌍둥이 오빠였어

가끔은 그들을 봐
참 즐겁게 살아
용기 있고 다정하게
지금도 둘이 똑같아.

4차원 남과 여

나는 이해할 수 없어
술에 물 타 마시고 취한 놈
실업자 많다고
은근히
안도의 한숨 쉬는 사람
남의 밥상에
숟가락 없는 놈

결혼하라고
잔소리하는 부모님께
이 세상 사람 아닌
죽은 양귀비 다시 태어날 때까지
기다리겠다는 놈

나는 이해할 수 없어
자기 인생관
요즘 여자들과는
차원이 다르다는
노예를 해방시킨
링컨을 신봉하는 여자

시집은 안 가고

남녀는 평등하다고
결혼은 사치라고
그러면서
동창회는 꼭 나가는 여자.

모르지

새로 산 운동화
선반에 올려놓고
엄지발가락 나올 때까지
신고 다니던 고무신
그때 그 시절을 알아?

요즘 젊은이들
그 고무신 시절 알까

이건 알아둬
오래된 고무신은
절대 찢어지지 않아
닳아서
발가락이 뚫고 나올 뿐이지

못난 발가락이
제일 먼저 나와
어른들은
모나게 살지 말라 그래
박힌 돌부리처럼
치이지 말라 그래.

술과 대화

초저녁
너와 나는 성인군자요
그녀는 요조숙녀이고
대화도 천진난만하여라

어언 두 시간
자기들이 세상 으뜸이고
그녀는 예뻐 보였다
대화는 거칠어지고
목소리는 밀리면서 커진다

탁자에 빈 술병이 즐비할 때
화장실 간 놈은 오지 않고
그녀는 이미
여자가 아닌 주녀였다

그날의 대화
모든 일들은
주인아주머니만 알고 있을걸.

중년이 되면

대충 알지
내 나이 되면
변명의 고수가 되려면
마누라를 잘 달래야지
이불도 미리 깔아놔야지

항상 몸을 깔끔하게 씻어야 해
힘들어도 내색하지 마
불이 꺼질 때까지

퇴근은 즐겁지만
일찍 귀가는 좀

참기 어려운 게
방앗간은 그냥 못 지나치지
지나치면
숙제를 안 한 것 같아

혼자 들어가도
친구가 생겨
주객은 잠시 후면 친구가 돼
마누라 잔소리는

이미 나중 일이야
듣기 싫으면
한잔 더하고 일찍 자버려
통할지는 모르겠지만.

부럽다

저 일하는 사람들이 부럽다
머리 허연 노인들
앞치마 두른 식당 아줌마
아직도 일하는
내 또래 사람들

광주 "ㅎ" 음식점
그 사장님이 부럽다
존경스럽다
천 원짜리 백반이라니
먹어보지 않아도
맛이 좋을 것 같다
천사 같은 주인아주머니의 마음에
맛이 있을 것 같다

보고만 있어도
식당 간판이 자랑스럽다

일할 수 있는 것들을
귀하게 여기고
버려진 종이 박스 한 장이라도
집 앞에 가지런하게
모아두련다.

아쉽지만

현재를 살고 있으니
미래는 향할지언정
쉬
논하지 않으련다

옛것을 기억하되
옳고 그름을
따지지 말고
네 것이 아님을
기억하여라

지난날들의 아쉬움을
거름 삼아
현재의 것들을
중히 여기고
미래에 펼쳐질
희망의 이야기들을
잠시 기다려 보리라.

광주에서 울산까지

1990년 즈음
난 광주에서 울산행 고속버스를 탔다
좌석은 거의 다 차고
출발 시간이 점점 다가오는 그때
버스가 뒤뚱거리며 흔들렸다
덩치가 산만 한 장정들이 타고 있었다

버스가 여러 번 흔들렸다
큰 문인데도 비집고 들어오는 큰 가방을 멘 장정들이
가방이 문에 걸리고 몸도 걸리고 요란스럽다
동시에 나는 평상시 하지 않던
간절한 기도를 했다
내 옆자리는 예쁜 아가씨가 타기를
그들만의 좌석번호가 있지만
각자 한 사람씩 흩어져 앉아야 한다고 한다

안내양이 자리를 배치하면서
내 눈과 마주쳤다
왜 불길한 예상은 항상 딱 맞아떨어질까?
난 창가 좌석으로 밀려나고
한 건장한 남성이 내 옆자리에 턱
나는 두 무릎이 붙어버렸고

어깨는 자동으로 창문에 기대어 꼼짝 못 하고
숨은 가빠졌다

그는 다릴 쩍 벌리고
엉덩이는 떡시루 두 개를 엎어놓은 듯했다
다리 한쪽은 절간 대웅전 기둥 같았다
두 허벅지는 간장 항아리처럼
처진 배를 부여잡고 있었다
한마디로 우람한 산이었다

이렇게 다섯 시간을 가야 한다니
나머지 같이 앉은 다른 사람들
지금 심정이 어떨까?
한번 지나간 안내양은 좀처럼 오지 않는다
중앙 통로에 턱턱 막힌 구간이 있기 때문일 것이다
스커트까지 입었으니 불편도 하겠지

그러던 중 뒤쪽에서 "아가씨"하고
부르는 소리가 났다
물 달라는 소리다
물병과 컵을 들고 갈 즈음
박스 통째로 들고 오란다

나중에 보니 그 선수들은
물과 몇 가지 손님 접대용 음료수를
남김없이 비워버렸다

알고 보니 울산현대씨름단 소속이었다
알아주는 유망주가 많은 굴지의 씨름단이다
얼마나 목이 말랐으면 그 물박스를 다 비웠겠는가
내가 다니는 회사도 같은 회사 아닌가

휴게소에 도착하여 약 십분 간
나는 버스 밖에서 심호흡을 하며
만고의 자유와 평화로움을 느끼며 쉬고 있었다

그 선수는 나를 보고 씨익 웃고는
휴게소를 가더니 잠시 후
뭔가 한 자루를 들고 들어왔다
주전부리들이다

여섯 명이 한 포대씩 들고 먹어대니
버스 안은 온통 음식 냄새와 과자 씹는 소리,
음료수 마시는 소리
여태 보지 못한 광경이었다

나에게도 아이스크림을 하나 건넸다
물론 맛있게 먹었지만

손님들도 대다수 이해하는 표정이었다
그 몸을 유지하려면 어쩔 수 없겠지 하고
약 삼십 분 만에 한 자루씩 끝내고
좌석을 뒤로 젖히더니
이내 잠들었다

창밖을 내다보았다
분명 날씨는 정상인데……
여기저기 천둥소리, 기차가 멈추었다
다시 가는 소리
그들이 주무시나 보다.
아직 한 시간쯤 남았는데……
승객들은 불편할시라도 내색 없이
울산에 도착할 수 있었다

도착해서 나는 그들이 시내버스를 타고 가는 것을 보고
다른 버스를 타고 방어진으로 향했다
장래 천하장사 후보들과의 긴 여행이었다.

엄마의 마음

큰아들 시험 붙으라
장독대 정한수 떠놓고
기도하시던
우리 어머니!

막내야 너만 보면
미안하구나
일찌감치 공장 생활해
고향 오지 않는 막내야
오늘도 눈물 밥을 삼키실
우리 어머니

없는 살림에
큰아들만 가르치고
공부깨나 한단 놈은 서울 보내고

한번 다녀가거라
차마 말 못 하시고
한숨짓는 우리 어머니

대학이 뭔지
새카맣게 타버린

어머니 가슴에 안겨
이제 그만하라고
그만 울라고
말하고 싶은 나
버스는 왜 이리 안 오나?

처갓집

자주 찾아뵐게요
거짓말~
생신 때만
장모님 우리 장모님

우리 처제 세상에서 제일 착해
차마 얼굴은~~ 노코멘트
쉿 비밀이야

장모님 술상에 웬 닭 다리?
손위 처남 하나 나 하나
술잔을 기울이며
벽시계는 소리를 열 개나 친다

처갓집에서
왜 그리 피곤할까?
내 세상인 듯… 마누라
집에 가야 하는데
막내 처제 올 때 됐다네.

리모컨

어렸을 때
리모컨도 없었어
시커멓게 나와
그래도 신기한 것이
사람이 어찌 저 속에 들어가나

컬러 TV 나올 땡
비밀을 알았어
연기도 잘하고
노래도 라디오처럼
숨어서 부르지 않고
마이크에 직접 불러

극장에 안 가도 돼
영화도 볼 수 있으니

나이 드니까
마누라하고 자주 싸워
연속극 보자
뉴스 봐야 해
리모컨 쟁탈 싸움

드라마는
꼭 저녁 밤 때 해가지고

밥상이 뭔 죄인가
힘이야 내가 세지

6시 내 고향은
오래도 하지
마누라는 그걸 보느라
정신이 없고
TV 박살 내고 싶지만
경제권 없으니

잠 많은 마누라
초저녁 잠들고
이제 리모컨은
내 손에 있지
하지만 오래 못 봐
시끄러워 잠 못 잔다
마누라 등쌀에
TV 끄고

달빛 어린 천장 벽지에
왕년의 나를 그려봐
자식 이기는 부모 없고
이젠
마누라도 못 이겨.

두 개 다 들어

라디오 켜고
노래를 들어
TV 켜고 뉴스를 봐
혼자만의 공간에서

귀도 즐겁고 눈도 행복해
한밤에 흘러나오는
"별이 빛나는 밤에" 들으며
TV 영화 "로마의 휴일" 봤어?
정말 재미있어

"고래사냥" 노래 들으며
먹방 TV 봤어
귀도, 눈도, 어느 한쪽도 포기하지 마

라디오 켜고
TV는 무음으로 하고
따라 불러봐
내가
가수가 된 기분이야
방문은 꼭 닫고 해.

스무 살 생일

스무 살
엄마가 힘들게 낳았단다

친구들 불러다
신나게 춤추고 노래하고
야외 전축과 디스코

원형 엘피판이
윙윙거리며 힘들어하고
정작 낳아주신
어머니는
안주상 차리고

오직 나만의 세상이
단 하루만의 삶인 것처럼
젊음이 무엇보다 최고인 양
철없는 것이 하늘을 찌를 때
암탉이 목이 쉬어
울지 못하고
수탉이 대신 울어줄 때까지만.

어머니

무엇을 내어줄까
황금알을 낳아줄까

오늘 어머니의 발은
무논에 있고
내일 어머니의 손은
밭에 있겠지

하루 못 보면 불안할까
참나무 숯내음 나는
우리 어머니

아버지 술 시중
시어머니 뒷바라지
공부라도 잘했으면

마냥 용서만
항상 희생만
오롯이 식구들만

항상 젖은 어머니 고무신
닦아도 지워지지 않는

누런 고무신
당신 자신은 어디에 뒀을까?

명절

동생은 막내
나는 셋째
할아버지 밥상 따로
우리 밥상 따로

나는 작년 형 옷
동생은 새 옷
나물은 싫고 고기가 좋아

엄마 몰래
김 두 장 포개 먹다
등짝 맞던 때
아파서 울었겠나 서러워서지
동생은 할아버지 상에서
지 맘대로 먹는데

잠 안 자고 기다리던 설이
세뱃돈 받아보니
어린 것이 한숨

어젯밤에 챙겨놓은 곶감 먹으며
친구들과 그림 딱지 사러 간다.

여섯 시 내 고향

바다를 깨워라
선장 내외는 고기잡이 간다
파도를 잡아라
그물 켜켜이 박힌 양미리를 잡아라

심마니 발소리가 산을 깨운다
그 소리에 어찌
사시나무만 떨고 있으랴
나물 캐고 버섯 따고 산삼 봤구나
큰절 올려라

오후 여섯 시
시골에서 부지런히
저녁상 차리고
영감님 반주 한잔에
망태 사랑 날라

오후 여섯 시
도심의 직장인들 퇴근 서두르고
고향마을 TV 나올라
여섯 시 내 고향
동네 이장님이 주인공이다.

전원일기

동네 구멍가게
막걸리에 두부김치

응삼이 총각
홀아비 노마 아빠 술에 취하고
가엾다 바라보는 쌍봉댁

영남이 복길이 퇴근하고
양촌리 떠벌이는 누굴까?
산전수전 일용 엄니
부녀회장 종기 엄니일까?
모자란 듯 아닌 듯
느릿느릿 할 말 다 하는 개똥 어멈

강력한 후보자가
제주도서 시집온
김 회장네 작은 며느리
과연 누가 제일 떠벌이일까?

양촌리 세 노인은 알까?
김 회장께 물을까?
어이 일용이

청년회 열어서 알아봐
그리고
일용이 자네 장가 잘 간 줄 알아.

매를 들어야 하나

장난감으로
아끼던 도자기 깨고
제 발 다쳐 우는 아이

아끼던 두툼한 솜이불에
흥건하게 지도 그린
오줌싸개

그래도
어찌 매를 들 수 있으랴

어언 성년
군대가 벼슬인 양
자기 혼자 인생인 것처럼
핸드폰 몰래 쓰다
중대장한테
혼나는 철부지

낼모레 삼십인데
취업에 관심 없는 놈

낮에는 잠자고

밤에 나가
백수들과 술 마시는 놈

철밥통에 밥을 줘야
철이 들려나.

내 나이

육십 넘어
마음 편히
살라나 했더니
글쎄 큰 놈이 장가를 가야지

정년퇴직하고
취미생활 하려니
마누라 잔소리
스트레스 층층이 쌓이고

마땅히 갈 곳 없어
공원에 갔더니
한참 인생 선배님들
담소 나누며
나는 아직 청년이라네

저녁때 되어 집에 오니
아무도 없어
마누라는 모임 가고
애들은 내가 어찌 알아

찬밥에 라면이지.

집콕할 때

명작 소설을 읽어
세계에서 제일 작은 도시
교황이 기도하고
생활하는 곳

랭던 교수가
인류를 구하기 위해
그곳 교황청 바티칸에서
생사를 가르는

그 책을 찾아서 읽어봐
"천사와 악마"

출출할 땐
라면을 끓여
봉지에 쓰여진 대로
묵은지가 있으면 더 좋아

배부르면
시상을 떠올려봐
이효석 님의
"메밀꽃 필 무렵" 같은…….

대화

할머니,
코로나 예방주사 맞으러 가야 돼
알았어
얼마 안 있음
죽을 놈의 삭신 너나 맞어

할머니,
그래도 맞아야 돼
안 맞음 아무 데도 못 가
안가
갈 데도 없어 오란 데도 없고

할머니,
노인당에는 가야 될 것 아녀
민화투치고 놀아야제
염병할 놈의 코로난가 뭔가
두 번 맞았는데 또 맞아?
할머니
세 번 맞아야 돼
그래야 노인정에 갈 수 있어

주사 한 방에 얼마지?

공짜여
나라에서 공짜로 해줘
그래
그럼 지금 가서 맞고 오자
빨리 맞고 노인정 가야제
심심해 죽겄어
다른 망구들은 다 맞었다냐?

할매와 손녀

뻘에서 발 빼!
왜 발을 뻘에 심어놔
물 들어와
빨리 발 안 빼면
머리에서 미역이 자라고
조개는 발가락에 알을 까

멀리서 막 넘으려던
해님도 잠시 머뭇거린다

바람은
해 빠진 검붉은
밀물을 뭍으로 밀고
바지락 캐는
할매가 모를까
물결을 친다

젖은 몸빼바지
물 차오르고
마중 나온 손녀딸은
광주리를 끌고 간다.

손가락 열 개

다섯 살 손가락
손가락이 열 개라

아직은 고사리손
천진난만한 아이
이 세상
열 개 보다 많은 건 없지

손가락 수만큼만 주면
꼭 쥐고 잠드는 아이
천사보다 예쁜

저 아이가
어른이 되어
손가락 열 개보다 많으면
버릴까?
아님 더 가질까?

저 아이가
잠에서 깨면
주먹을 쥐고 기지개를 켤까
손가락을 펴고 만세를 부를까?

오미크론

설 쇠러 온단다
두 아들
두 며느리
두 손주 초은이, 학준이

할아버지 보러 온단다
시골 눈사람 만들러
손주가 온단다
설 쇠러 온단다

할머니 등에 업혀 동네 한 바퀴
학준이가 온단다

하지만
불청객이 몰려온단다
오미크론이
널리 퍼지고 있단다

나는 동네 이장과 함께
동네 어귀에
플래카드 붙이러 간다
"아들, 딸들아, 코로나 끝나고 보자!"

군고구마

타닥타닥
장작 타는 소리
바람의 방향대로
스멀스멀 군고구마 냄새

칼바람에
온몸 구석구석
바늘로 쑤셔대는 듯한
옷깃을 여미어본다
고구마 탈라
뒤집어야지

드럼통에
숭숭 뚫린 구멍 속에
알알이 익어 가는
노란 호박고구마

한입 물면
세상 어느 단 것이 또 있으랴
껍질 벗기며 전해오는
따사로움은 분명
어릴 적 어머니 품이어라.

너는 가라

우리 애들이 온단다
일곱 살 된 초은이
세 살 학준이
우리 손주들이 온다

땅덩이 커서 못 오나
괴물 때문에 못 오지
시골에만 코로나 있나
도시엔 더 많지

보고 싶은 애들이 온단다
돌 때도 보지 못했던
우리 손주가 온단다

무섭고 두려운 세균이
우리 모두가 싫어하는 바이러스가
모두를 슬프게 한다
박스 안에 가두어 두려 한다

나는 우리 손주들에게 바란다
유능한 물리학자 되어
보고 싶을 때마다

대면하자고
손도 맞잡고
고기도 구워주고 싶다.

하루하루

하루가 또 가는걸
달력이 넘어가는걸
땅이 꺼지듯 커지는
할머니 할아버지
한숨 소리

차아마
찢겨진 달력들을
불쏘시개로 쓸 법도 하지만
못내 아쉬워
윗목에 쌓아놓고
새해 복 많이 받으시라
오래 사시라
달갑지 않은 듯

얼마 전에 다녀간
손주 놈 꽉 찬 혼기가
한숨을 더하고
밤낮없이 머리 싸매는
손녀는 또 어떻고

하루하루는

이들을
힘들게 하는 것일까
아님
기다리게 하는 것일까.

오랜만에 만난 친구

어이 친구
오랜만이네
많이 늙었구만
에이 이 사람아

술 한잔해야지
당뇨 때문에 술 끊었어
그러믄 뭔 재미로 살아

슬하 자식들은 어떤가
아들만 둘인데
한 놈 가고
한 놈은 안 갔어
며느리도 참해
자네는?

나는 환장하겠네
사십이 다 되도록 안 가고 있어
하루 한 번도
못 볼 때가 많어
자네가 중매 좀 서봐
꼴에 눈은 높아서

마누라 잔소리는
말할 것도 없어
못 이겨.

선보던 날

아직 옷도 안 입었는데
중매 아주머니
전화 불나네

아는 형님 양복 빌려 입고
바지가 좀 짧어
넥타이는 빨간색밖에 없더라

다방엔 담배 연기 자욱하고
코트 입은 아가씨
먼 산만 바라보고

그쪽은 꿔다 놓은 쌀자루
나는 빌려놓은 보릿자루
중매쟁이 실컷 떠들다

둘만 남아
점심이라도 먹어야죠
속이 안 좋아서……
내가 싫은가 보구만
인연이 없음 안 되는 일이라

입구에 나오는데
아가씨 한마디 하네
"점심 먹고 오라 했는데……"

나보고 어떡하라고…….

미꾸라지 잡으러 가자

여름 내내
벼농사 짓느라
고생이 많았던
동네 어귀 도랑
가을에 추수 끝났으니
미꾸라지 잡으러 가자

장화도 필요 없어
온통 진흙투성이다

양동이 하나
바가지 두 개
삽은 물 막아야지

물 막고 품어내라
바짓가랑이
천근만근이고
미꾸라지 얼굴로 잡나

물꼬 터질라
파헤쳐라, 잡아라, 담아라
해 질 녘 양동이 가득

바지값 했구만
혼나지는 않겠어
가자 해 넘어간다

가마솥에 추어탕
아는 사람은 알제.

밥상머리

콩 빼고 밥 먹는 아이
고기 없으면 밥 안 먹는 애
옛날 같으면
할아버지 고함 소리에
밥상 엎어질라

윤기 흐르는 쌀밥 보다
빵 속의 고기
구수한 된장국 보다
소고기 수프가 더 좋아
옛날 같으면
굶겨도 시원찮을 녀석들

땅을 파보라
십 원짜리 하나 나오나
먹고 살기 힘들 때
잔소리 늘어놔도

밥에 콩을 넣지 말든지
저녁 하기 싫으면
외식하든지

세상이 변하는지
시대의 흐름인지
자식 농사가 무엇인지.

멍게와 해삼

못생긴 것이
향기는 얼마나 좋아
한입 넣으면
입은 할 일이 없어
그냥 삼키면 돼

해삼이 멍게 더러 .
너는 왜 그리 못났니?
난 바다의 산삼이야
건들건들
나를 즐기려면
이가 좋아야 돼

몸에 돌기가 나고
꼭 돌연변이처럼
누가 누굴 탓할까

서로 잘났다고 싸우지만
나름 자존심은 엄청 강해

바닷가에서
초장에 멍게

해삼에 초장
같이 먹던 옆 사람
어디 간지 모른다네.

두부 마을

콩을 삶으랴
하얀 김 서린다

아궁이 장작불에
연기 피어오르고

알알이 구수한 콩 한 줌 입에 넣고
나는 두부 마을이 좋다
네모난 두부보다
향기가 좋다

묵은김치 두부 한모
막걸리 곁들이면
금상첨화인 것을

양념장 찍으랴
뜨끈뜨끈할 때 묵어라
한잔에 한점씩

사진도 찍어라
맛보다 정성을 가이 없어라.

수레바퀴 된 몽당연필 - 김정현 시집

초판 1쇄 찍은 날 | 2022년 3월 10일
초판 1쇄 펴낸 날 | 2022년 3월 16일

지은이 | 김 정 현
펴낸이 | 최 봉 석
디자인 | 정 일 기
펴낸곳 | 동산문학사
출판 등록 | 제611-82-66472호
주소 | 광주광역시 남구 대남대로 340, 4층(월산동)
전화 | (062)233-0803
팩스 | (062)233-0806
이메일 | dsmunhak@hanmail.net

값 12,000원

ISBN 979-11-88958-53-5 03810